www.ingramcontent.com/pod-product-compliance
Lightning Source LLC
LaVergne TN
LVHW051010051026
849532LV00005B/1883
* 9 7 8 9 3 5 8 7 2 5 4 4 5 *

پاسنگ

(ہندی زبان کی کہانیاں)

مہر النساء پرویز

اردو ترجمہ : اعجاز عبید

Paasang (Short Stories)
by: Meherunnisa Pervez
Edition: March '2024
Publisher :
Taemeer Publications LLC (Michigan, USA / Hyderabad, India)

ISBN 978-93-5872-544-5

9 789358 725445

کتاب	:	**پاسنگ** (کہانیاں)
مصنف	:	**مہر النساء پرویز**
اردو ترجمہ	:	اعجاز عبید
صنف	:	فکشن
ناشر	:	تعمیر پبلی کیشنز (حیدرآباد، انڈیا)
سالِ اشاعت	:	۲۰۲۴ء
صفحات	:	۳۸
سرورق ڈیزائن	:	تعمیر ویب ڈیزائن

فہرست

پاسنگ

آج صبح سے ہی بڑی اومس تھی، ہوا بند سی تھی۔ پتے تک ذرا نہیں ہل رہے تھے۔ پڑک پرندے کی آواز ساری سونی فضا میں گونج رہی تھی۔ صبح سے ہی پسینے کی دھار بہنے لگی تھی۔ گرمی تیز ہوگئی تھی۔ دوپٹے سے پسینہ پونچھتے پونچھتے کنی کا دوپٹہ پوری طرح گیلا ہو گیا تھا۔ ماحول کی اومس کو دیکھ کر لگنے لگا تھا جیسے مانسون بس آنے ہی والا ہے۔ ویسے اس بار اچھی بارش کی امید تھی، کیونکہ پوری گرمی کے دنوں میں ایک بار بھی پانی نہیں آیا تھا۔ کنی کبوتروں کے دڑبوں کے پاس کھڑی ننھے ننھے ان کے نئے بچوں کو دیکھ رہی تھی۔ کبوتر کے بچے بھی اسے دیکھ اپنی چونچ کھول رہے تھے جیسے چگا مانگ رہے ہوں۔ باہر دادی کے پاس کوئی آیا تھا، بات چیت کی آواز پورے گھر کو الانگ کر پیچھے تک جا رہی تھی۔ اتنی صبح کون آیا ہے؟

کنی بیٹی، کنی، دادی نے پکارا۔

دادی کی ہانک پر سرپٹ دوڑتے تمام کمروں کو پھلانگتی وہ باہر آگئی۔ باہر رشید چچا بیٹھے تھے۔ صغریٰ بی جھاڑو سے گھر صاف کر رہی تھیں۔ رشید چچا کے کاندھے پر مکہ مدینہ کا گمچھا رکھا تھا۔ اس کا مطلب تھا مسجد سے ادھر ہی آ رہے تھے۔ رشید چچا کافی خوش نظر آ رہے تھے۔ ایک لال پڑیا میں سونے کی وجتی رکھی تھی، اسے دادی کو دکھا رہے تھے۔ وجتی بڑی خوبصورت تھی، اس میں لال نگینے جڑے تھے۔

بڑی اچھی بنی ہے، دادی نے وجٹی دیکھ کر لوٹاتے ہوئے کہا، اب جو بھی دینا چڑھانا ہو رشید، تم ہی کرو۔ میں کہاں سے لاؤں ؟ میرے پاس تھوڑے سے زیورات ہیں وہ میں نے کنی کے لئے رکھے ہیں۔ سونے کی گیہوں مالا، موہن مالا، کندن کا گلوبند وہ تو سارے کنی کی ماں کے پاس ہی رہ گئے ہیں۔ اپنا چندن ہار تو میں کب کا فروخت کر چکی ہوں۔ بس ایک پانچ تولے کی چین اور جھمکا ہی بانو کو دے پاؤں گی۔

خالہ، تمہیں اتنے سوچنے کی ضرورت نہیں ہے۔ اتنا دے رہی ہو، یہی بہت زیادہ ہے۔ میں کون تم سے کچھ کہہ رہا ہوں۔ اب سونے کا بھاؤ دیکھو وہ بھی بڑھ رہا ہے۔ پہلے جواہرات کی قیمت آنکی جاتی تھی۔ سونے کو کون پوچھتا تھا؟ پر اب دیکھو جواہرات غائب ہی ہوتے جارہے ہیں۔

جب سے انگریزوں کی حکومت ہوئی تھی، تب سے ہیرا، نیلم، لال، پکھراج دیکھنے کو آنکھ ترس گئی۔ سارے جواہرات گوری میموں کو ملاقات میں دے دی گئی ہوں ایسا لگتا ہے۔ انگریز سارے قیمتی جواہرات اپنے ملک لے گئے ہیں۔ کانوں پر ان کا حکم چلتا تھا۔ وہ مالک تھے اور ہم لوگ صرف مزدور بن کر رہ گئے تھے۔ جب سے کنی کے دادا مرے ان کے ساتھ جیسے اس گھر کے سارے ہیرے جواہرات بھی قبر میں دفن ہو گئے۔ سب خواب سا لگتا ہے۔ وہ اتنے پارکھی تھے کہ دور سے ہی ایک نظر میں ہیرے کی قیمت اک دیتے تھے۔ اب تو سونا بھی خریدے کتنے برس گزر گئے۔ ہاں، کیا انداز چل رہا ہے سونے کا؟

سونا پینتیس روپے تولا پہنچ گیا ہے خالہ۔

خدا خیر کرے، دادی نے ٹھنڈی سانس بھری، اتنا مہنگا ہو گیا ہے ؟ میں نے تو بیٹا انیس سو پچیس میں پندرہ روپے تولے کے انداز سے سونا خریدا تھا۔ اس کے بعد سے تو

خریدا ہی نہیں۔ بیٹا پہلی بار پڑھنے بیٹھا تھا، تب شگون میں سب کو دیا لیا تھا۔ تبھی گھر میں سیر بھر سونا خریدا گیا تھا۔ اس کے بعد تو ایسی گردش کا دور رہا کہ ماشا بھر نہیں خرید پائی۔ بس موقع موقع پر گھر کا ہی رکھا سونا دینے لینے میں کام آیا اور برے دنوں میں اسے فروخت کیا تک تھا۔

خالہ، ویسے ابھی سونا مزید بڑھا نہیں ہے، پر سنا ہے اب بڑھ جائے گا۔ سن چالیس میں پچیس روپے تولا ہو گیا تھا اور اب دیکھو پینتیس کا ہو گیا۔

بیٹا پہلے سونے کو پوچھتا کون تھا؟ تب تو پندرہ روپے تولا تھا، پھر بھی کوئی نہیں استعمال کر رہا تھا۔ سونا تو غریب لوگ خریدتے تھے۔ رئیس لوگ تو ہیرے جواہرات اور موتی خریدتے تھے۔ اسی سے انسان کی حیثیت گنی جاتی تھی۔ سونا تو خیر خیرات میں دیتے تھے۔

پہلے سونے میں ملاوٹ کون کرتا تھا۔ ٹھوس زیورات بنتے تھے، آج جیسے نازک زیور کہاں بنتے تھے۔ اب تو ملاوٹ سے چاہے جتنے کم وزن کے گہنے بن جاتے ہیں۔

کنی کے دادا نے تو بیٹا انیس سو پچیس میں جو سونا خریدا تھا، اسی نے اس گھر کی آبرو ڈھاک رکھی ہے۔ اسی کو جوڑ گھٹاتے کام چل رہا ہے۔ بیٹے کی شادی میں بھی نہیں خریدا۔ سب گھر کا ہی نکالا۔ رہا سہا بیٹے کی بیماری میں چلا گیا۔ اب تو سمجھو افلاس نے ڈیرہ جما لیا ہے۔ پہلے گہنوں سے عورتوں کی گردنیں جھک سی جاتی تھیں۔ سیر بھر سونے کی تو ہم نے ہنسلی پہنی ہے روزانہ، ستر تولے کا چندن ہار پہنے رہتی تھی، پانچ تولے کی سرجے کی نتھ پہنے رہتی تھی۔ یہ سارا تو پہننا ہی پڑتا تھا۔ کنی کے دادا انتقال فرما گئے، تب سب اتار کر بکس میں سینت دیا تھا۔

خالہ، تمہارا چندن ہار، موہن مال تو بھابھی نے لوٹایا نہیں نہ؟

کہاں لوٹایا؟ اسی کا تو اتنا جھگڑا تھا۔ باپ کے گھر گئی تو باپ ماں نے بیٹی کے ساتھ زیور بھی رکھ لئے۔ گیارہ لڑوں کا تھا۔ دونوں طرف مور بنے تھے۔ مور ہیرے، نیلم لگائے گئے تھے۔ بہترین کام تھا۔ اس زمانے کی مہین کاریگری تھی، باریک پچی کاری کا کام تھا۔ کتنے ارمانوں سے بہو کو دیا تھا، خیر، دادی نے کراہ کر آہ بھری۔

کنی کو ضرور دیں گی بھابھی۔

اب وہ باتیں چھوڑو۔ چیل کے منہ میں مال دبا ہے، چیل منہ کھولے تو ہار گرے۔ ہم تو بس آس کر سکتے ہیں نا؟

دادی، کنی نے اچانک پہنچ کر حاضری لگائی۔

بیٹی، ذرا اصغریٰ بی سے کہنا چائے بنا دے۔

اچھا، کنی جو دروازے کی آڑ میں کھڑی باتیں سن رہی تھی، دیکھا دادی پرانے دنوں میں غوطہ لگا رہی ہیں تو بول پڑی تھی۔

باورچی خانے میں کنی پہنچی تو دیکھا کلثوم بیٹھی تھی۔ کلثوم کو دیکھ اچھا لگا، جانے کیوں راحت سی ملی۔ دونوں نے ایک دوسرے کو مسکرا کر دیکھا۔ گڑیا کی شادی کا جھگڑا دونوں بھول گئی تھیں۔

بانو آپا کہاں ہیں؟ کنی نے پوچھا۔

ان کے کمرے سے تو آ رہی ہوں۔ وہ بے سدھ بخار میں پڑی تھیں۔ ان کا غرارہ جانگھوں پر چڑھ گیا تھا۔ ٹانگیں ننگی ہو گئی تھی، پر انہیں ہوش تک نہیں تھا۔ میں نے ان کے کپڑے ٹھیک کیے اور چادر اڑھا کر آئی ہوں۔

صبح صبح کیسے آ گئی ہے؟

تجھے بتانے آئی تھی۔ ہمارے گھر شادی کی زبردست تیاریاں ہو رہی ہیں۔ نکاح کی

سرخ ساٹن کا جوڑا بن کر آ گیا ہے۔ غرارے میں نکھی گوٹہ سے بیل بوٹے بنائے گئے ہیں۔ دوپٹوں میں نکھی گوٹہ کا گجرا لگایا گیا ہے۔ کرتے پر سلمٰی ستارے ٹانکے گئے ہیں۔ لال مہجر میں مقیش بھرا گیا ہے۔ زیور بن کر آ گئے ہیں۔ جھمکے، وجٹی، ٹیکہ، نتھ، چوڑیاں سب بن کر آ گئی ہیں۔ ولیمے کی دعوت کے لئے پانچ بکرے بھی آ گئے ہیں۔

اچھا، مگر یہاں تو کچھ نہیں ہو رہا ہے، کنی نے حیرت سے کہا۔

سچ، بانو آپا میری بھابھی بن کر آ رہی ہیں، سوچ کر ہی میرا دل بانسوں اچھل رہا ہے۔

بانو آپا کی شادی سے تجھے بڑی خوشی ہو رہی ہے؟ کنی تنک کر بولی، اچھا میری گڑیا کیسی ہے؟

مزے کر رہی ہے، دولہے کے سنگ۔ اچھا تو بانو آپا کی شادی کو لے کر ناراض ہے نہ؟ یہ تو بڑے لوگوں نے طے کیا ہے۔ دیکھ، تو یہ نہیں سوچتی بانو آپا یہاں رہیں گی تو روز آتی رہیں گی۔ دور گاؤں چلی جاتی تو کیسے آتیں؟ کون آنے دیتا؟ ہم دونوں مل کر بانو آپا کا خیال رکھیں گے نہ، چل غصہ تھوک دے۔

ہاں، بات تو ٹھیک ہے، کنی کے دل کا جوش کچھ کم ہوا۔

دیکھا بانو آپا کے دادا اور ابا کتنے برے تھے۔ وہ تو سمجھو ابا ٹھیک وقت پر پہنچ گئے تھے، ورنہ وہ تو بانو آپا کو بندوق کی گولی سے ہرنی کی طرح مار دیتے، کلثوم اپنی ہرن جیسی آنکھیں گھماتے ہوئے بولی۔

اس سے تو ٹھیک تھا نہ، مار ہی دیتے۔ ایسے بھی جینا کس کام کا، اسے کوئی جینا کہتے ہیں؟ جانوروں کی طرح ہے ایسی زندگی۔

مگر انسان کو جانور کی طرح مارتے بھی تو دیکھا نہیں جا سکتا نہ؟ اچھا باہر کیا ابا بیٹھے ہیں؟

ہاں ؟ تونے نہیں دیکھا؟

نہیں میں تو پیچھے سے چپ چاپ آئی تھی۔ ابا کو مت بتانا میں آئی تھی، کل ہی اماں پر برس رہے تھے کہ لڑکی بڑی ہو رہی ہے، سارا دن دھینگا مشتی کرتے گھومتی ہے۔ مجھے تو لگتا ہے کنی اب یہ لوگ میری پڑھائی بھی بند کروادیں گے اور میری بھی شادی کر دیں گے۔ ابا سنا ہے رشتہ دیکھ رہے ہیں۔

ارے ؟ کنی کا چہرہ خوف سے سفید پڑ گیا، آنکھوں میں پانی اتر آیا، بانو آپا چلی جائیں گی، تو بھی چلی جائے گی، سوچ میں کیسے رہ پاؤں گی ؟

تیری بھی تو کہیں نہ کہیں شادی ہو گی۔ کوئی دولہا ضرور اللہ نے پیدا کیا ہو گا۔ اماں کہتی ہیں، اللہ ہر انسان کا جوڑا بھی پیدا کرتا ہے۔ وہ بھی کہیں نہ کہیں تو ہو گا نہ ؟

باپ رے، اتنا کہہ کر مجھے مت ڈرا، چل بانو آپا کے کمرے میں چلتے ہیں۔ دونوں اٹھ کر بانو آپا کے کمرے میں چلی گئی۔ کلثوم نے بانو آپا کو جگایا۔ بہت مشکلات سے بانو آپا اٹھ پائیں۔ کنی پلنگ کی پاٹی پر بیٹھی بانو آپا کو تکتی رہی۔ بانو آپا کا بجھا بجھا سا طور اسے ڈس رہا تھا۔ کاش! خدا نے انسانوں کی تقدیر لکھنے کا کام اسے دیا ہوتا، تو وہ دنیا کی تمام عورتوں کے نصیب سنہرے حروف سے لکھ دیتی۔ بانو آپا کا نصیب اور اماں کا نصیب سب سے اچھا لکھتی۔ ایسی عبارت لکھتی کہ وہ ساری عمر سونے کے پالنے میں ہی جھولتی۔ اللہ سے لڑ لڑ کر ساری عورتوں کا نصیب مانگتی۔ اللہ نے تو نصیب لکھنے کا کام چھٹی کو سونپ رکھا ہے۔ وہی تو الٹے براہ راست نصیب عورتوں کے لکھتی ہے۔ خود عورت ہو کر برے نصیب کی عبارت لکھتی ہے۔ کیا اللہ کو ان کے کام کا معائنہ نہیں کرنا چاہئے ؟ الٹے براہ راست نصیب لکھ کر یہ لوگ اللہ کو بدنام نہیں کر رہے ؟ ایسے ہی دیکھو موت کا فرشتہ کسی کا بھی گھر اجاڑ کر چلا جاتا ہے۔ ابا کو جوانی میں لے گیا، مکمل گھر انا اجڑ گیا۔ کاش! یہ لوگ کہیں مل جاتے تو ان

سے ضرور پوچھتی وہ لوگ اتنے بے رحم کیوں ہیں؟ اللہ تو رحم کرتا ہے پر یہ لوگ اس کی نا فرمانی کیوں کرتے ہیں؟ لوگوں کا گھر کیوں اجاڑ دیتے ہیں؟ دنیا میں برے نصیب لے کر پیدا ہونے سے کیا فائدہ؟ کچھ تو سکھ چین، اپنوں کا پیار لکھنا چاہئے نا؟ سب کو برابر سے سکھ اور دکھ تقسیم کرنا چاہیے نا؟ کہیں تو سکھ ہی سکھ اور کہیں دکھ ہی دکھ ایسا کیوں؟ کیا اللہ کو کچھ پتہ نہیں ہوتا؟ دادی کہتی ہیں اللہ شبرات کی رات پہلے آسمان پر آتے ہیں اور دنیا کے تمام بندوں کی قسمت کا حساب کتاب دیکھتے ہیں۔ پورے سال کا دکھ اور سکھ دیتے ہیں، اس لئے بندوں کو اس رات عبادت کر کے خدا سے مانگنا چاہئے۔ تو اللہ صرف سال میں ایک بار پہلے آسمان پر آتے ہیں، باقی دن ساتویں آسمان پر رہتے ہیں؟ ایسا کیوں؟ تبھی تو ان تک دعائیں نہیں پہنچتی، ان کے فرشتے انسانوں کی بات ٹھیک سے نہیں لکھتے۔

کاش! اللہ میاں ہمیشہ پہلے آسمان پر ہوتے اور دیکھتے انسان کتنے دکھ میں پاگل ہو رہے ہیں۔ ان فرشتے ماں کو بیٹے سے اور بیٹے سے ماں کو چھین رہے ہیں۔ ایسی بد انتظامی سے دنیا کیسے چلے گی؟ کہیں کسی نے بانو آپا کے لئے جادو ٹونا تو نہیں کیا ہے؟ دادی بتاتی ہیں کہ پیغمبر حضرت محمد صاحب پر بھی دشمنوں نے جادو کیا تھا، وہ بیمار رہنے لگے تھے۔ تب ایک جادو کے آدمی نے اپنا عمل کیا تھا اور اس سے اس نے دریافت کیا تھا کہ ایک اندھے کنویں میں پتھر کے نیچے گیارہ گرہیں باندھ کر جادو کیا تھا۔ اس شخص نے اپنے عمل سے جادو کو توڑ دیا۔ جیسے جیسے عمل پڑھتے گئے ویسے ویسے گرہیں کھلتی گئیں۔ ٹوٹ ٹوٹ کر گرتی گئیں۔ لوگ تو اتنے برے ہیں کہ پیغمبروں کو بھی نہیں چھوڑا تو بانو آپا تو ایک لڑکی ہی ہیں۔ دادی بتاتی ہیں پہلے اللہ نے انسان نہیں بنایا تھا، جنات بنائے تھے۔ وہی دنیا میں رہتے تھے۔ انہیں کی ریاست تھی۔ خدا نے جناتوں کو ایک ہی طاقت دی تھی۔ وہ روحانی طاقت تھی اور ان کی یہی طاقت بہت تگڑی تھی، جس سے یہ کسی کو بھی ڈرا کر اپنے بس میں کر

لیتے تھے۔ ان کی حکومت پاتال میں تھی، جو اب بھی ہے۔ ان سے پریشان ہو کر اللہ نے انسان بنائے اور اسے ڈبل طاقت دی۔ ایک روحانی اور دوسری جسمانی یعنی روح اور جسم۔ دو طاقتوں کے باوجود بھی انسان جناتوں کے آگے، جادو ٹونے کے آگے، شیطانی طاقتوں کے آگے ہار جاتا ہے۔ بانو آپا پر بھی کسی نے جادو تو نہیں کر دیا؟ ایک کے بعد ایک مصیبتیں انہی پر کیوں آ رہی ہیں؟ وہ بغاوت کیوں نہیں کرتیں؟ ہار کیوں جاتی ہیں؟ ٹوٹتی کیوں ہیں؟

جب بھی کبھی بانو آپا رات کو چپ چاپ کنی سے اپنے بچے کے بارے میں پوچھتی کہ وہ کیسا دکھائی دیتا تھا؟ کیا اس کی شکل پاکستان گئے لوگوں سے ملتی ہے؟ تب کنی بوکھلا جاتی، سن سی رہ جاتی تھی۔ کیا جواب دے؟ کب تک جھوٹ کہہ بانو آپا کو تسلی دے؟ جھوٹ جھوٹ ہی وہ بچے کے بارے میں بتاتی رہتی۔ اس کی ناک بانو آپا جیسی ہے، ہونٹ آنکھ بالکل ان کے جیسے ہیں۔ سچ تو یہ تھا کہ اس نے بھی بچے کو نہیں دیکھا تھا، ذرا سی جھلک بھر دیکھی تھی۔ تصور میں وہ کسی بچے کی صورت اتارتی اور بانو آپا اس تصویر کو سچ مان لیتیں تھیں۔ اس کی آنکھوں میں جھانک کر اپنے بچے کی صورت دیکھنے کی کوشش کرتی تھیں۔ کیا یہ تمام باتیں اللہ کو پتہ ہوں گی؟ اور اگر اسے علم ہے تو نا معلوم کیوں ہے؟ اپنی رحمت کے فرشتوں کو راحت سکون پہنچانے کیوں نہیں بھیجتا؟ یا میرے اللہ! اپنی رحمت کے فرشتوں کو جلدی بھیج، دیکھ بانو آپا کتنی بیمار ہیں۔ من ہی من کنی اللہ سے دعا مانگتی رہی۔

امتحانات کے دن سر پر تھے۔ پڑھائی کرتے کرتے کنی کب پڑھتے پڑھتے اودھی ہو جاتی، پتہ ہی نہیں چلتا تھا۔ جب بانو آپا آکر اسے کتابوں پر سے اٹھاتیں اور لالٹین اٹھا کر تپائی پر رکھتیں تب ہڑبڑا کر وہ جاگتی تھی اور اٹھ کر اپنے کمرے میں جا کر بستر پر سو جاتی۔ بانو آپا اس کی کتابیں کاپیاں سمیٹتی رہتیں۔

آج بھی وہ پڑھائی میں مصروف تھیں۔ کلثوم بھی ساتھ پڑھ رہی تھی۔ آج دونوں نے طے کیا تھا کہ جب وہ کھڑکی سے دھوپ کا گولا اتر کر ان تک نہیں پہنچے گا، اس وقت تک اٹھنا نہیں ہے۔ آدھی دوپہر تک پڑھنا تھا۔ دونوں سب کچھ بھول کر پڑھائی میں مصروف تھیں۔ اگلے ماہ امتحان جو ہونے والے تھے۔

تاریخ کی کتاب تھی، اس میں ایک پرانے مہاراجہ کا فوٹو چھپا تھا جو دیکھنے میں کافی موٹا اور بھدا تھا۔ اس کی بڑی بڑی مونچھیں بھوؤں کو چھو رہی تھیں۔ وہ مہاراجہ کم کسی رام لیلا کا مسخرا زیادہ لگ رہا تھا۔ پیٹ بھی مٹکے کی طرح پھولا ہوا تھا۔ دونوں ایک دوسرے کو دکھا دکھا کر لوٹ پوٹ ہو رہی تھیں۔ اچانک کمرے میں کوئی پردہ اٹھا کر آیا تو دونوں اچانک چپ ہو گئیں۔

سامنے موٹی سی جسمانی والی بسم اللہ بائی کھڑی تھیں۔ دونوں چونک گئیں۔ بسم اللہ بائی کی صورت کتاب کے فوٹو سے کافی مل رہی تھی۔ موٹی تھی وہ ویسی ہی تھیں۔ سب لوگ انہیں بسو کہتے تھے۔ ہر گھر میں شادی بیاہ میں ڈھولک بجانا اور بیاہ کے گیت گانا ان کا کام تھا۔ ٹھگنی اور موٹی سی تھیں، آنکھیں دھنسی سی تھیں۔ منہ میں تمباکو والا پان ہمیشہ ٹھسا رہتا، پان کی چوٹی ہونٹوں کے کنارے سے بہتی ٹھڈی تک اترتی، تو اسے وہ اپنے انگوٹھے سے پوچھتی رہتی تھیں۔ ہاتھ ہاتھ بھر چوڑیاں پہنے رہتی تھیں۔ ہنسی ٹھٹھولی کرنے والی ہنس مکھ عورت تھیں۔ بسسو بائی کا چوڑیوں والا موٹا ہاتھ جب چھنا کے دار ڈھولک پر پڑتا تو اس کی تھاپ سارے محلے کے کونے کونے میں سنائی دیتی۔ بسسو بائی کی ڈھولک سارے محلے کو منادی کر دیتی تھی کہ شادی کا شگون شروع ہو گیا ہے۔ وہ چلتی تھیں تو ٹھمکی لگا کر چلتی تھیں۔

بی بی، ہلدی کی بوری کہاں ہے؟ ہلدی نکالنی ہے، ابٹن پیسا جائے گا۔

ابٹن پسا جائے گا؟ کس لیئے؟ کنی نے چمک کر پوچھا۔

لو، ارے بی بی، بانو بی بی کے لئے چکسا نہیں پیسا جائے گا؟ گیہوں بھن گئے، چکسے کے مسالے پیس گئے اب ہلدی کے ساتھ سب پیسا جائے گا نہ، شام کو بانو بی بی کو مانجھے بٹھانا ہے، رات کو میلا دہے، پھر ساری رات میری ڈھولک بجے گی نا، بسو بائی نے ٹھمک کر منادی کری۔

ارے، اتنا سب ہو گیا؟ کنی کا کلیجہ دھک سے رہ گیا، لگا خون کہیں جم گیا ہے، چہرہ سفید سا پڑ گیا، لگا کسی نے ٹھوکر دے کر اوندھے منہ گرا دیا ہے۔

ارے، تم دونوں کیسے بھکوے سی ہو کر دیکھ رہی ہو؟ بی بی پڑھائی کرو، پر اتنی نہیں کہ دماغ پھر جائے۔ گھر میں کیا ہو رہا ہے، دیکھو تو؟ گھر میں کوئی شادی خوشی ہوتی ہے تو یوں چمگادڑوں کی طرح منہ نہیں لٹکاتے بی بی؟ بسو بائی نے تنک کر اپنے موٹے جسم کو ٹھیلا سا دیا تھا۔

اس کی تو بہن ہے پر میری تو اب وہ بھابھی ہے، میں کیوں چمگادڑ وسا منہ لٹکاؤں؟ بتاؤ کتنی ہلدی چاہیئے؟ وہ کونے میں بوری رکھی ہے کلثوم خوشی سے چہکتی بولی۔ اس کی خوشی دل میں نہیں سما رہی تھی۔ ہاتھ اٹھا کر ہلدی کی بوری دکھانے لگی۔

کلثوم پلنگ سے کھڑے کھڑے جھٹ چھلانگ لگا کر کودی اور اندھیرے کونے میں رکھی ہلدی کی بوری کو گھسیٹ کر سامنے کر دی۔ بسو بائی نے بوری کا بدھا منہ کھولا اور بڑے سے پیتل کے کڑے میں پلٹ کر آدھی بوری ہلدی بھر کر لے گئیں۔ کنی پلنگ پر بیٹھی رہ گئی۔ کلثوم دوڑ کر باہر بھاگ گئی تھی۔ باہر چکی کا نیگ ہو رہا تھا۔ کنی کے ذہن پر گہری ٹھیس سی لگی۔ لگا جسم بے جان سا بن کر رہ گیا ہے۔

بسو بائی چکی پر بیٹھ گئی تھیں۔ ان کے سر پر نئی پیلی دوپٹیا اڑھا دی گئی تھی۔ نیگ کا

سامان نئی پیتل کی تھالی میں دے دیا گیا تھا۔ تھالی میں بسو بائی کے لئے بنارسی ساڑی، چاندی کی بچھیا، چوڑیاں، کالی پوٹ، اکیاون روپے رکھ دیئے گئے تھے۔ نیگ لے کر بسو بائی نے چکیا گھمائی اور شگون کا گیت شروع کیا۔ ڈھولک کے ساتھ گیت کی دھن گھر کے کونے کونے میں سنائی دینے لگے۔ گھر کی دیواروں پر اسی تال پر تھرکنے لگی۔ سب کے چہروں پر امنگ جوش کی رنگت دوڑنے لگی۔ چکی پر پستے چکسا کی سوندھی مہک چاروں طرف اڑ اڑ کر چھانے لگی۔ گھر کے بوجھل فضا میں مستی اترنے لگی۔ چکسے کے ابٹن میں جڑی بوٹیاں اور صندل اور خش کی جڑ پیسی جارہی تھی۔ یہ خوشبو گھر سے گلیوں میں اتر کر شادی کی منادی کر رہی تھی۔ بسسو بائی کے شگن کے گیت سے سکھے بوڑھے چہروں کو بھی ہریالی میں تبدیل کر دیا تھا۔ برسوں برسوں بعد شگن کی نیل کنٹھی چڑیا کے پھڑ پھڑاتے پروں کو کسی نے دیکھا تھا۔ سرمئی ہوا کی ماحول میں ڈوبی چڑیوں نے چھت کی میالوں پر بیٹھ کر چکرائی آنکھوں سے گھر کے نئے ماحول کو تکا تھا۔ گیت کے سروں میں بوند بوند کر کے دل کی بے چینی اتر آئی تھی۔ برسوں سے بارش کی سیلن کے بعد جیسے سورج کی گرمی نصیب ہوئی تھی۔ تھکے چہرے رونق دار ہو کر دمکنے لگے تھے۔

ڈھولک کی تھاپ پر بسو بائی کے گائے بنّی کے بولوں میں تھکے تھکے بنجر بے جان چہروں پر بارش کی پہلی پھوار کا سکھ بھر دیا تھا۔ بوندا باندی سے سوکھے پتے سے چہرے سبز ہو گئے تھے۔ بنّی کی دھن وہاں بیٹھی عورت کے چہرے کو سکھ دے رہی تھی۔ بسنت جیسے ہر چہرے پر کھل کھلا اٹھا تھا۔ بلبل جیسے آنگن میں اتر آئی تھی اور اس کی لہک سے پورا ماحول گلزار ہو اٹھا تھا۔ بوڑھے چہروں پر بھی جوانی کی چمک لوٹ آئی تھی۔ آنکھوں میں میٹھے شہد بھرے سپنے جی اٹھے تھے۔ آنکھیں کھلی تکتی رہ گئی تھیں۔ سب جیسے نشے سے بھری بیٹھی تھیں۔ بنّی کے گیت کی دھن کے ساتھ اپنے مائیکے کے آنگن میں اتر گئی

تھیں۔ بنی کے گیت ڈھولک پر صدیوں سے گائے جاتے ہیں۔ ننھی بچی سے لے کر بوڑھی عورت تک ان بولوں کو سن کر جی اٹھتی ہے، ان کے من میں ترنگیں اٹھنے لگتی ہیں۔ لیکن کیا بنی کے یہ میٹھے بول کبھی زندگی میں سچ ہوتے ہیں؟ کیا کبھی حقیقت میں بدلتے ہیں؟ میٹھے شہد سے بھرے جب درد کے کڑوے زہر میں بدل جاتے ہیں، تو پھر عورت کیوں بنی گاتی ہے؟ بنی کی دھن کے ساتھ کیوں اپنی زندگی کے خوابوں کی تعبیر کا بندھن کر لیتی ہے؟ عورت کیوں ہمیشہ اپنے کو نچھاور کرنے کے لئے تیار رہتی ہے؟ بوڑھی عورت جو خود ٹھگی جاتی ہے پھر وہ کیوں نئی تھرکتی بچی کو تھرکنے سے روک نہیں سکتی ہے؟ خود سدھ بدھ کیوں کھو دیتا ہے؟ ماں بننے کی خوشی کے علاوہ مرد سے کبھی کچھ نہیں ملا؟ زمانوں سے خود لٹتی رہی اور اپنی نئی نسل کو لٹنے کے لئے حوصلہ افزائی کرتی رہی ہے، ایسا کیوں؟ اللہ نے عورت کو اتنا نا سمجھ اور بد قسمت کیوں بنایا؟ اسی لیے تو مرد کہتا ہے کہ عورت میں عقل نہیں ہوتی۔ عقل ہوتی تو بلی کا بکرا بننے کو ہمیشہ تیار کیوں رہتی؟

بوڑھی سیانی جوان اور ننھی بچیاں سب بیٹھی بنی کی دھن کے ساتھ ماحول میں مست ہو رہی تھیں۔ سب پر جیسے کسی نے افیون کی مستی چھڑک دی تھی۔ سب سہاگ کے لال دھن کی دھمک کے ساتھ کبھی نہ جی پائے اپنے خوابوں کی ٹھنڈی باؤڑی میں اتر گئی تھی، باؤلی میں اتر کر اور چھبک چھبک ٹھنڈے پانی کا میٹھا سا لطف لے رہی تھیں۔

ڈھولک کے گیت آنگن میں بتاسے سا میٹھا ذائقہ دے رہے تھے۔ ڈھولک کی تن سے پورا گھر گونج رہا تھا۔

دیکھا آئی ٹمٹم کی بہار،
بنا میرا موٹر سے آیا جی۔
بنی کی دادی روئے زار زار،

بنا میرا موٹر سے آیا جی۔

بنی کی بہنا بڑی نخرے دار،

نیگ میں مانگے سونے کا ہار،

بنا میرا موٹر سے آیا جی۔

بنی کو ساجے سولہ سنگھار،

کوئی بنی کی دے نظریں اتار،

بنا میرا موٹر سے آیا جی۔

آم کی ٹہنیوں سے چھوٹا سا منڈپ بنایا گیا۔ درمیان میں لکڑی کی چوکی رکھی گئی۔ چوکی کے نیچے چاولوں سے بھرا مراد آبادی لوٹا رکھا گیا تھا۔ بانو آپا کو ایک عورت ہاتھ پکڑ کر کمرے سے باہر لائی۔ پیلی ہلدی کے رنگ کا دوپٹہ اوڑھے بانو آپا آئیں اور چوکی پر بیٹھ گئیں۔ بخار سے اٹھی، کمزور سی بانو آپا پیلے رنگ کے غرارہ کرتے اور پیلے دوپٹے میں بہت خوبصورت لگ رہی تھیں۔ بانو آپا کو مانجھے بٹھا دیا گیا۔ تمام عورتیں خوش تھیں۔ بانو آپا زندگی کے جال میں گھر گئی تھیں۔

کنی بھی باہر نکل کر آگئی تھیں اور دروازے سے موجود اترتی ساجھ میں ہوتے اس مانجھے بٹھانے کی تقریب کو نہارتی رہی۔ دیکھتے ہی دیکھتے سات سہاگنوں نے اٹھ کر بانو آپا کو چکسا لگایا، سر میں چمیلی کا تیل ڈالا اور ان کے بالوں کو کنگھی کر کے پانچ پھینٹے کی چوٹی میں گوندھا۔ بانو آپا کا گورا جسم پیلے رنگ میں رنگ گیا تھا۔ ان کی پلکیں نیچے جھکی تھی۔ بانو آپا ایک دم اجنبی سی لگ رہی تھیں۔

تھوڑی دیر بعد بانو آپا اپنے کمرے میں پہنچا دی گئی۔ کنی دوڑ کر ان کے پاس پہنچ گئی اور جھٹ دروازہ اندر سے بند کر کے کنڈی چڑھا دی، تاکہ کوئی اور نہ آسکے۔ بانو آپا اپنے

پیلے دوپٹے پر گرے چکسے کے ابٹن کو پھٹکار رہی تھیں۔ کنی سے آنکھیں ملی تو وہ اداس سی ہو گئیں، ان کی آنکھ بھیگ اٹھیں۔

عورت کی زندگی بھی کوئی زندگی ہے؟ ایک دکھ کا سوگ ختم نہیں ہوتا کہ اسے دوسرے کے لئے تیار ہونا پڑتا ہے۔ انسان کو اکیلے بھی رہنے نہیں دیا جاتا ہے۔ سماج کے رشتے اسے کس طرح چاروں طرف سے گھیرے رہتے ہیں۔ اس سے تو اچھا تھا، مجھے کا باوڑی میں دھکیل دیتے، بانو آپا پلنگ پر بیٹھی پھوٹ پھوٹ کر رو رہی تھیں۔ اندر کے چھپے بند نالے جیسے پھوٹ کر باہر آ گئے تھے۔ اور آنکھوں سے بہنے لگے تھے۔ ان کے رونے سے کمرے کی دیواریں تک کانپنے لگیں۔ کنی دکھی آنکھوں سے انہیں دیکھتی رہی۔ بانو آپا کیسے اجاڑ، بیابان، سنسان ویران جنگل کی طرح ہو گئی تھیں۔ سوکھ کر کانٹا رہ گئی تھیں۔ بخار نے انہیں کمزور اور بے دم سا کر دیا تھا۔ جسم کی ایک ایک ہڈی نظر آنے لگی تھی۔ سارے دکھوں نے ایک ساتھ ان پر حملہ کر دیا تھا۔ سونے اندھیرے راستے میں بھوت انسان کو تنہا دیکھ گھیر لیتے ہیں، ایسے ہی دکھ نے انہیں دبوچ رکھا تھا۔ لوگ کہتے ہیں اندھیرے کے بعد اجالا ہوتا ہے اور رات کے بعد دن ہوتا ہے پر اس نے تو بانو آپا کے نصیب میں کبھی سویرا ہوتے نہیں دیکھا تھا۔ تو کیا دادی جتنی کہاوتیں بولتی ہیں سب جھوٹی ہیں؟ بانو آپا اس بدحواس چڑیا کی طرح بے حال ہو گئی تھیں، جس کا بسیرا کسی نے اجاڑ دیا تھا اور اس کے انڈے کچل دیے ہوں۔ زندگی اتنی بے رحم کیوں ہے؟ اس کا کلیجہ اتنا سخت کیوں ہے؟ اسے کسی پر رحم کیوں نہیں آتا؟ کنی دکھی آنکھوں سے روتی بانو آپا کو دیکھتی رہی۔ کاش! وہ کوئی جادو جانتی تو کتنا اچھا ہوتا، جھٹ سے بانو آپا کو مکھی بنا کر کہیں چھپا دیتی۔ یا پھر ایسا ہوتا کہیں سے کوئی لال پری آ جاتی اور بانو آپا کو اڑا کہیں لے جاتی۔ قصے کہانیوں میں جیسا ہوتا ہے ایسا زندگی میں کیوں نہیں ہوتا؟ کہیں سے کوئی راج کمار بچانے

کیوں نہیں آتا؟

کنی چپ انہیں نہار رہی تھی۔ تسلی، دلاسہ، تعلیم، صبر، راحت کے لئے ان کے پاس ایک لفظ نہیں تھا۔ اسے سمجھ نہیں آرہا تھا کہ کیسے اچھے بولوں سے سامنے والے کو ڈھارس بندھائی جاتی ہے۔

جو خود محض تماشائی کے رول میں رہا ہو، جس نے صرف زندگی میں اندھیرا ہی اندھیرا دیکھا ہو وہ کیسے اجالے کی طرف تسلی کی بڑی بڑی باتیں کریں؟ خوشحالی کی کس طرح دلیل دے؟ دکھوں کو ہی اس نے اب تک دیکھا اور محسوس کیا تھا۔ تعلیم، حکمت اور سیاست کی باتیں تو وہ لوگ کرتے ہیں جو خود دلدل کے باہر خشک زمین پر کھڑے ہوتے ہیں۔ دور کھڑا شخص ہی رائے دیتا ہے۔ کنی کو تو آج خود اپنی زندگی کے سوالات کے جواب نہیں ملے تھے۔

دکھوں کو سمجھنا بجھنا تو آیا ہی نہیں۔ جب بھی بانو آپا روی وہ خود رو پڑی۔ اس نے تو صرف باؤڑی میں نیچے کے لئے اندھیرے کی طرف اترنے کے لئے سیڑھیاں دیکھی تھی۔ اوپر آنے کا یا واپسی کا راستہ تو وہ جانتی ہی نہیں تھی۔ اس نے تو اپنے کو اور بانو آپا کو وقت کے ہاتھوں ناچتی کٹھ پتلی کی طرح ہی دیکھا تھا۔ کٹھ پتلی جو صرف ناچنا بھر جانتی ہے اپنی خواہش سے تو ایک ہاتھ بھی اٹھانا نہیں جانتی۔

کنی دیوار سے ٹکی بانو آپا کو خاموشی خوفزدہ سی ہو کر دیکھتی رہی، اب بانو آپا بھی چلی جائیں گی؟ وہ بالکل اکیلی رہ جائے گی۔ اماں گئی، ابا کی تو صورت یاد نہیں۔ بس دادی کے خانے میں چاندی کے چھوٹے سے فریم میں جڑی ان کی تصویر بھر دیکھی تھی۔ سب کہتے تھے اس لئے وہ بھی سوچتی تھی کہ یہی اس کے ابا ہیں، اس کے اوپر ان کے لئے کوئی احساس نہیں جاگتا تھا۔

کنی اپنی رلائی دبائے باہر باغ میں آگئی اور باہر آکر اس نے زور زور سے سانس بھر کر اپنے کو ٹھیک کیا۔ آنگن میں عورتیں ڈھولک پر بڑے اچھے بیاہ کے گیت گا رہی تھیں۔ کچھ عورتیں رات کی دعوت کے لئے چاول بین رہی تھیں۔ چاولوں کے کنکر تو صاف کر لئے جاتے ہیں، ایسے ہی زندگی کے کنکر کیوں نہیں صاف ہو سکے؟ سب کچھ نکال پھینکنے کی ہمت کیوں نہیں ہوتی؟ جب کھانے کے لئے صاف ستھرا چاول چاہیے تو ایسے ہی جینے کے لئے بھی صاف ستھری زندگی کیوں نہیں ملتی؟

تبھی سامنے سے کسی کی چاپ سنائی دی، سر اٹھا کر دیکھا کلثوم تھی۔ کلثوم آکر اور کنی کے پاس بیٹھ گئی۔

یہاں اکیلے میں کیوں بیٹھی ہیں کنی؟ کلثوم اٹھکیلی سے بولی۔

اندر دل نہیں لگ رہا ہے، سچ کلثوم تو بانو آپا کا خیال رکھے گی نا؟

کیسی باتیں کر رہی ہے؟ بانو آپا کہیں دوسرے گھر جا رہی ہیں؟ تیرا اور میرا گھر الگ الگ ہیں؟ کلثوم متحیر سی رہ گئی۔

اور شادی کے بعد پاکستانی لوگ بانو آپا کو لینے آگئے تو؟ کنی کا چہرہ جذبات سے عاری پتھر کی طرح ہو گیا تھا۔

چھوڑ، جانے تو بھی بڑھو جیسا بیٹھی بیٹھی خیالی پلاؤ پکاتی رہتی ہے۔ بھلا پاکستان گئے لوگ کیوں آئیں گے؟ سب چھوڑ گئے۔ اپنی جائیداد، ورثے، اب کیوں آنے لگے؟ کلثوم بھی بے چین سی ہو اٹھی۔

کیا محبت بھی چھوڑ گئے؟ محبت چھوڑی جاتی ہے؟ بانو آپا جیسے تڑپ کر انہیں یاد کرتی رہتی ہیں، کیا وہ بھی یاد کرتے ہوں گے؟ کیا وہ چاند دیکھ کر کوئی پیغام دیتے ہوں گے؟

کنی دور وہیں روح کی گہرائیوں میں کہیں اترتی ہوئی خشک آواز میں بولی۔

تجھے کیا ہو گیا؟ کیسی باؤلی جیسی باتیں کر رہی ہے؟ کیسی بن مانس جیسی شکل بنالی ہے، چل ہاتھ منہ دھو طریقے سے کپڑے پہن لے۔

اچھا بتا پاکستان کتنا دور ہے؟ دیکھنا بڑے ہو کر میں ایک دن ضرور پاکستان جاؤں گی اور بانو آپا کے عاشق کو ڈھونڈھ کر بانو آپا کے سارے دکھوں کا حساب لوں گی، کنی نے درد سے بھر کر کہا۔

توکس کس سے حساب لے گی؟ ساری دنیا میں یہی ہو رہا ہے۔ ہمیشہ عورت ہی ٹھگی جاتی ہے اس کا ٹھور کہاں ہے؟ عورت کو ہی اپنی قربانی دینی پڑتی ہے، کلثوم نے آنکھوں میں آنسو بھر کر کنی کو ڈھارس دی۔

کلثوم ہکی بکی سی کنی کے سیانے پن کو دیکھتے رہ گئی۔ اس کی اپنی آنکھ کے آنسو سوکھ گئے تھے۔ ٹھگی سی وہ کلثوم کو تاکتی رہی جو پتھر کی مورتی کی طرح بیٹھی تھی۔ کیا یہ کوئی نئی کلثوم نہیں تھی؟

☆☆☆

سمر

اپنے گھر کی اندھیرے میں ڈوبی چھت پر میں چپ چاپ گم صم سی کھڑی تھی۔ چاروں طرف پٹاخوں کا شور گونج رہا تھا۔ پٹاخوں کے دھوئیں سے سارا ماحول بھر گیا تھا۔ پٹاخوں کی تیز آوازوں سے گمان ہو رہا تھا کہ کہیں کسی دشمن ملک نے حملہ کر کے بمباری تو نہیں کر دی ہے۔ چار املی کے سارے گھر رنگ برنگی روشنی سے سجے تھے۔ ہمارا گھر بھی پہلے ایسے ہی سجا ہوتا تھا۔ اس بار مکمل گھر اندھیرے کی سیاہی میں ڈوبا تھا۔ اندر باہر سب طرف اندھیرا ہی اندھیرا تھا۔ جانے اس بار یہ کیسی کالی دیوالی آئی تھی۔

میری آنکھوں کے آگے ایک پاگل آندھی سی اٹھتی ہے۔ آندھی کے بونڈر سے سامنے کا سارا منظر دھندلا ہو اٹھتا ہے۔ ڈھیر سارے ریت کے ذرے، دھول کے ذرے جیسے آنکھوں میں چلے جاتے ہیں۔ گھبرا کر میں اپنی آنکھیں بند کر لیتی ہوں کتنی ناقابل یقین بات ہمارے گھر میں ہو گئی تھی۔ سوچتی ہوں تو لگتا ہے جیسے گزرا وقت سچ نہیں تھا، یا آج جو موجودہ میں ہے وہ وقت سچ نہیں ہے۔ دونوں وقت کے درمیان میں سُن ّ سی، بھوچکّی سی رہ جاتی ہوں۔

میرے بیٹے سمر کا انتقال ہوئے اب تقریباً دو ماہ ہونے کو آ رہے تھے۔ کیسے وقت دھیرے دھیرے چیونٹی کی چال سے آگے سرکا تھا۔ ہر لمحہ، ہر گھڑی کتنی لمبی لگی تھی۔ وقت جیسے پہاڑ کی طرح ایک جگہ کھڑا ہو گیا تھا۔ دور کے اس اچانک آنے والے زلزلے نے ساری زندگی تباہ کر دی تھی۔ سب کچھ تہس نہس ہو گیا تھا۔ سب کچھ کال کے گال

میں سما گیا تھا۔ چاروں طرف پرانی یادوں کے بکھرے نشان کھنڈر کی شکل میں زمیں بوس ہو کر پڑے تھے۔ اتنا بڑا جھٹکا سہنے کے بعد بھی میں ابھی زندہ ہوں، دیکھ رہی ہوں!!

24 اگست کو بیٹے کی موت ہوئی تھی اور ٹھیک چار دن بعد یعنی 28 اگست کو اس کی سالگرہ آئی تھی۔ سویرے منہ اندھیرے سے میں نے اپنے پلنگ پر بیٹھ کر اس کا انتظار کیا تھا۔ ہر پل، ہر لمحہ لگتا، بیٹا آئے گا اور میرے پیر چھوئے گا؛ جیسا وہ ہر سالگرہ پر کرتا تھا۔ میں اس کا ماتھا چوم کر اسے لمبی عمر کی دعائیں دوں گی۔ پر وہ نہیں آیا۔ ایک ایک لمحہ میرے لئے بھاری ہوتا گیا۔ بیٹے کے بغیر بیٹے کی سالگرہ کے تصور سے ہی دل کانپ اٹھا تھا۔ اس سال وہ اٹھارہ میں لگ جاتا۔ سوچا تھا، اس سال اس کی اٹھارہویں سالگرہ، جب اسے ووٹ کا حق ملنا چاہیے، اچھے سے منائیں گے۔ کتنی ڈھیر ڈھیر یادیں ہیں۔ پورے سترہ برس کی یادیں۔ بیٹے کی ماں بن کر میں کیسی گدبدائی سی رہتی تھی۔ پہلی بار اپنی کمزور بدن پر گوشت کی تہہ چڑھتے دیکھا تھا۔

ایسی بد قسمتی! آنکھ کے سامنے بیٹا اتنی چھوٹی عمر میں چلا گیا! بیٹے کے آگے تو تمام ماں باپ جاتے ہیں۔ بیٹا کندھا دیتا ہے، فاتحہ پڑھتا ہے۔ میری اپنی قسمت میں سب کچھ کیوں نہیں تھا؟ ایسا کیوں کیا خدا نے؟ کیا اس لئے کہ مجھے خدا پر بہت عقیدت تھی؟ میرے عقیدہ ایمان کا یہ پھل ملا! اس سے تو ملحد ہی رہتی تو شاید اتنا دکھ نہیں ہوتا۔ میرے عقیدے کو اتنی گہری چوٹ کیوں لگی؟ میری عقیدے کا آخر بیٹے کی موت پر ہونا تھا؟

آج جیسے میں کچھ نہیں ہوں بس، ایک روتی کلپتی، آہ و زاری کرتی ماں بن گئی ہوں۔ لگتا ہے جیسے دنیا سے سارے رشتے ناطے ٹوٹ گئے ہیں۔ صرف مٹی کا ڈھیر بن کر رہ گئی ہوں۔ میری ساری دنیا اندھیری ہو گئی تھی۔ بیٹے کے بغیر میں کچھ دیکھنا، جینا نہیں چاہتی۔ سب ختم ہو چکا تھا۔ دنیا پہلے جیسی ہی تھی۔ وہی شور، وہی آوازیں؛ ساری

سرگرمیاں پہلے جیسی تھیں۔ وہی چڑیوں کا شور، ریل کا شور، ٹیلی فون کا شور؛ چھپکلیوں کا ویسے ہی دیوار پر دوڑنا، جھینگروں کا بولنا سب کچھ جوں کا توں تھا۔ بس، دنیا میں ایک میرے بیٹے کی آہٹ نہیں تھی۔

میرے پاؤں پتھر کے ہو گئے تھے، اٹھتے نہیں تھے جیسے کسی نے لوہے کی موٹی موٹی زنجیریں ڈال دی ہوں۔ بیٹے کے بغیر مجھ سے ایک قدم نہیں چلا جاتا۔ جب بیٹا تھا تب میں ساری دنیا میں گھومتی تھی، پروگرام میں مصروف رہتی تھی۔ بیٹا جیسے میری طاقت تھا، روح تھا، وہ میرا بازو تھا۔ اسی کے پنکھ کے سہارے میں چاروں گوشوں میں اڑتی پھرتی تھی۔ آج جیسے کسی نے میرے ڈینے ہی کاٹ دیے تھے اور میں بے بس زمین پر پڑی تھی۔ اسی کی طاقت کے سہارے میں سب کر لیتی تھی۔ اس کے بغیر میرے اندر طاقت ختم ہو گئی تھی۔ وہ تو وفات پا کر آزاد ہو گیا اور میں زندہ موت جھیل رہی تھی۔ بازار میں مٹی کی گڑیا ملتی ہے، جس کا پورا جسم ہوتا ہے، بس جان نہیں ہوتی۔ لگتا ہے، ایسی ہی میں ہو گئی ہوں کہیں بھی بٹھا دو، ٹکر ٹکر دیکھتی ہوں۔

بیٹا تھا تب مجھ میں کتنی طاقت تھی۔ میں درگا کی طرح تھی۔ میرے کئی ہاتھ تھے۔ ہر ہاتھ میں مختلف ہتھیار اور طاقت تھی۔ اب لگتا ہے جیسے کسی نے میرے ہاتھ کاٹ دئے ہیں۔ میں بغیر ہاتھوں والی درگا بن گئی ہوں۔ شکستہ مورتی بن گئی ہوں۔ مٹی کا ڈھیر۔ بغیر ہاتھ اور طاقت کی درگا جیسی۔ اس کا تو وسرجن ہونا چاہئے! میرا ابھی اب ختم ہونا چاہئے۔ روح بے چینی سے ہڈی گوشت کے پنجرے میں قید مینا کی طرح پھڑ پھڑاتی ہے راہ ڈھونڈھتی ہے باہر نکلنے کے لئے، پر راستہ نہیں ملتا تو مایوس، اندھیرے کو گھورتی بیٹھ جاتی ہے۔

بیٹے کی یاد میں سوگ میں ڈوبی، تڑپتی، بے چین، ادھیر دل سے باتوں باتوں کی جگالی

کرتی کھڑی تھی کہ دیکھا، سامنے سے نیہا آتی دکھائی دی۔ نیہا میرے بیٹے کی دوست تھی۔ دل کے دکھ کو پرے سرکا کر میں فوراً نیچے اتری۔ نیہا میری بیٹی کے ساتھ بیٹھی باتیں کر رہی تھی۔ مجھے دیکھتے ہی وہ اٹھی اور بڑھ کر میرے پاؤں چھو لئے۔ "نیہا بیٹی، کیسی ہو؟ آج دیوالی کے دن تمہیں دیکھ کر اچھا لگا۔" "آنٹی، گھر میں میرا دل نہیں لگ رہا تھا۔ سب دیوالی منا رہے ہیں۔ میں آپ کے پاس آگئی۔ جانتی تھی، آپ لوگ بھی دکھی بیٹھے ہوں گے۔"

نیہا کے ساتھ بیٹے کے کمرے میں آگئی۔ میں پلنگ پر بیٹھ گئی۔ نیہا بیٹے کے کمرے میں بیٹھی چاروں طرف سجی اس کی چیزوں کو نظر بھر بھر کر، چھو چھو کر دیکھتی رہی۔ ہر چیز میں وہ اپنے محبوب کو ڈھونڈ رہی تھی۔ اس کی تڑپ، اس کی اداس ہوتی گہری آنکھیں اپنے میں کھوتی جا رہی تھیں۔ وہ میری موجودگی کو بھی جیسے بھول گئی تھی۔

ہر سال کی طرح اس سال بھی دیوالی آئی تھی لیکن اس بار گھر میں دیا تک نہیں جلا تھا اور پوجا بھی نہیں ہوئی تھی۔ بیتی باتیں، یادیں دل کو کتر رہے تھے۔ گزشتہ سال کتنی اچھی دیوالی ہوئی تھی۔ بیٹے نے کتنی رات تک پٹاخے جلائے تھے۔ انار دانے کی پھواروں سے سارا آنگن کھل اٹھا۔ پہلے دیوالی کی تیاریاں کتنے دن پہلے سے ہوتی تھیں۔

☆☆☆

کورجا

سول لائن۔ ڈامر روڈ کے کنارے دور سے بنے بگلو میں نسیمہ آپا کا مکان تلاش کرنے میں کوئی پریشانی نہیں ہوئی، کیونکہ شادی کی تام جھام دور سے ہی دیکھی جاسکتی تھی۔ بگلے کے سامنے شامیانہ لگ رہا تھا، رنگ برنگی جھنڈیوں سے بنگلے کو سجایا جارہا تھا، سامنے میدان کی گھاس چھیلی جارہی تھی، یعنی پوری طرح سے شادی کی تیاریاں ہورہی تھیں۔ رکشہ ٹوٹے لکڑی کے گیٹ کے سامنے رکا۔ گیند کھیلتے بچے دوڑ کر رکشے کے قریب آگئے، اور دیکھنے رکشے والے کو پیسہ دیتے ہوئے بچوں سے پوچھا، "کیوں، یہی ہے نہ رضوی صاحب کا بنگلا؟" "جی ہاں، یہی ہے، پر آپ کس کے یہاں جائیں گی؟ کیونکہ وہ پولیس چوکی کے بازو موڑ پر بنا بنگلا رضوی کپتان کا ہے،" بچوں کے جھنڈ میں سے سب سے چست وچالاک نظر آنے والے لڑکے نے کہا، "نہیں، وہاں نہیں، مجھے ڈپٹی کلیکٹر رضوی کے یہاں جانا ہے۔" نسیمہ نے مسکراتے ہوئے لڑکے سے پوچھا- "تمہارا نام کیا ہے، کہاں رہتے ہو؟"

"رضوان احمد، میرا یہی گھر ہے۔ رضوی صاحب کا بیٹا ہوں۔" "تو تم آپا کے بیٹے ہو؟" نسیمہ نے خوشی سے کہا۔ برآمدے کی سیڑھیاں اتر کر نیچے آتے آپا دکھائی دیں، انہوں نے جامنی رنگ کی پھولوں والی ساڑھی پہن رکھی تھی، پیروں میں ہری پٹے والی ربڑ کی سلیپر تھی۔ جسم سے آپا بھاری ہوگئی تھیں پر خوبصورت ابھی بھی کم نہیں لگ رہی تھیں۔ "ارے نسیمہ، آؤ، یہ بچوں نے تمہیں گھیر رکھا ہے! رضوان یہ نسیمہ آنٹی ہیں۔

چلو، سامان جھٹ پٹ کمرے میں پہنچاؤ"، آپا نے بچوں کو کام سونپتے اور نسیمہ کو گلے سے لگاتے ہوئے کہا۔ بچوں نے رکشے پر رکھا سامان تیزی سے اٹھا کر رکشے کو خالی کر دیا، جیسے بندر کی ٹولی آنگن میں ککڑی کی بیل پر ٹوٹ پڑی ہو اور یہ جا وہ جا!۔۔ "رنّو کی شادی ہو رہی ہے، مبارک ہو آپا، اب تم واقعی ساس جیسی لگنے بھی لگی ہو!" "اور تو؟ تو تو اب بھی وہی چھوٹی سی نسیمہ لگتی ہے جس کی شلوار ہمیشہ اونچی ہو جایا کرتی تھی، اور ننگے ٹخنوں دکھاتے گھومتی رہتی تھی، ہے نہ۔" آپا نے ہنستے ہوئے کہا۔ وہ دونوں ایک دوسرے کا ہاتھ تھامے اندر کی طرف بڑھیں، بچوں نے پھرتی سے سامان گھر میں رکھ دیا تھا اور نسیمہ کے آنے کا اعلان بھی کر دیا تھا۔ باہر سے آئے مہمان رشتہ دار کمرے میں جمع ہو گئے تھے، اور کچھ عورتیں پردہ اٹھا اٹھا کر تجسس سے ادھر جھانک رہی تھیں۔

"لے، تو تو شاید کسی کو پہچانتی نہیں ہو گی، میں تعارف کرا دیتی ہوں یہ خالہ ہیں یہ ۔۔۔" آپا شروع ہو چکی تھیں۔ نسیمہ سب کو سلام کر رہی تھی ساتھ ہی سب کی طرف مسکرا مسکرا کر دیکھ بھی رہی تھی۔ طویل سفر کی تھکان اور آتے ہی طویل طویل تعارف سے تھکاوٹ اور بڑھ رہی تھی۔ "رنّو کی شادی نہ ہوتی تو شاید تو آتی بھی نہیں ہے نا؟" آپا نے اسے صوفے پر بٹھاتے ہوئے کہا اور پھر رضوان سے بولیں -" جا، پھوپھی سے کہنا جلدی چائے اور ناشتہ بھیجے۔"

"آپا، میں رہتی بھی تو کتنی دور ہوں ۔۔۔ رشتہ داروں کو میں بھول گئی یا رشتہ دار مجھے بھول گئے؟ میں تو پھر بھی آ جاتی ہوں، آپ لوگ تو کبھی بھولے سے یاد بھی نہیں کرتے، عید پر عید کارڈ ہی ڈال دیا کرو نا!" بھئی، تم سے باتوں میں کون جیت سکتا ہے؟" چائے شاید بن کر پہلے سے تیار تھی یا رضوان کا پہلے سے حکم چل چکا تھا، کیونکہ فوراً چائے آ گئی۔ گرم گرم چائے مل جائے اس سے بڑی بات نسیمہ کے لئے دوسری نہیں ہے۔ نسیمہ

چائے پی رہی تھی، آنکھیں نیچے جھکی ہوئی تھیں کہ آنکھوں کے آگے پیلی پٹی کی سلیپر میں پھنسے، ہلدی رنگ کے غرارے میں، ہلدی کی رنگت لئے پیر آ کھڑے ہوئے۔ نسیمہ نے پھر اٹھا کر دیکھا۔ ہلدی میں ڈبو کر رنگے گئے غرارے کرتے اور باریک کروشیا کی مکھی بنی اوڑھنی میں کوئی سامنے کھڑا تھا، پل بھر کو نسیمہ چکرا گئی۔ لگا آپا ایک بار پھر جوان ہو کر سامنے آ گئی ہیں۔ وہی سب کچھ وہی! وہی ناک نقشہ، وہی رنگت، اور چہرے کی وہی کیفیت۔

"رنّو ہے"، آپا نے اسے حیران دیکھ کر کہا،" اور رنّو، یہی ہے نسیمہ آنٹی۔" رنّو قریب آ گئی اور اس نے اٹھ کر ہلدی کی سوندھی اور مقدس خوشبو میں بسی اس لڑکی کو جلدی سے لپٹا لیا۔" آپا، لگتا ہے ایک ساتھ دو جنم لکھا کر لائی ہو! رنّو کو دیکھ تم کو اپنی یاد نہیں آتی کیوں؟" رنّو جھینپ کر مسکرا دی، آپا اداس ہو کر کہیں کھو سی گئیں۔ رنّو کی جوانی کو نسیمہ اپنی آنکھ میں بھر لینا چاہتی تھی۔ پتلی گوری گوری کلائیاں، لمبی آنکھیں، چھوٹی سی ٹھوڑی، گول سا چہرہ۔۔۔ نسیمہ کو کچھ کاٹنے لگا۔ سوچا نہیں تھا کہ وقت اتنی جلدی ویسی ہی رنگت ویسی ہے خوشبو لئے پلٹتا ہے! رنّو کو شام کا چکسا (ہلدی) لگانے کا وقت ہو گیا تھا کیونکہ دو لڑکیاں اسے بلانے آئیں۔ وہ اٹھ کر ان کے ساتھ چلی گئی۔" احسان بھائی؟ تمہیں یاد ہے آپا، میں تمہیں کتنا پریشان کرتی تھی نا!" آپا چونک گئیں۔ نسیمہ نے جان بوجھ کر سوئی چبھوئی تھی، یہ دیکھنے کے لئے کہ اس بھرے ہوئے غبارے میں ابھی ہوا بچی ہے یا نہیں۔ وہ اس چبھن سے سسک اٹھیں۔" چپ! پرانی باتوں کو ادھیڑتی ہے!" یہاں کوئی دوسرا تو ہے نہیں، اگر سن بھی لے تو کیا سمجھے؟ بتاؤ نا کہاں ہیں وہ؟"

"پتہ نہیں نسیمہ، ایک بار ان کی خالہ کا لڑکا، تجھے پھٹی ہوئی پینٹ پہنے رفیق کی یاد تو ہے نہ؟ وہی اب میڈیکل ریپریزینٹیٹو ہو گیا ہے۔ ایک بار یہاں بھی پہنچ گیا۔ اسے دیکھ

میں فورا پہچان گئی، وہی چہرہ۔ کوئی فرق نہیں۔ کافی دیر بیٹھا کافی بولتا رہا، پر میں چپ اسے دیکھتی رہی۔ مجھ سے بولا ہی نہیں جا رہا تھا، اس نے بتایا کہ احسان رائے پور میں ہے۔ شادی کر لی ہے دو بیٹے ہیں۔ اسی نے رفیق کو میرا پتہ بتایا تھا اور سلام بھی بھیجا تھا۔" آپا بولتے بولتے تھوڑا رکی، جیسے سانس لی ہو،" بڑا عجیب لگا، اتنے دنوں کے بعد، جب میں سب بھول کر اپنے گھر میں لگ گئی، تب اچانک اس سے کچھ پوچھا، وہ اپنے آپ بولتا گیا تھا۔" آپا، محبت کبھی مرتی نہیں، بلکہ اس کی خوشبو بعد میں اور تیز ہو کر آتی ہے۔"ہاں، وہ دن کچھ اور ہی تھے نسیمہ، عجیب اتاؤلی، بڑی ہریالی سے بھرے دن! اب انہیں یاد کرنے سے کیا فائدہ؟" آپا ٹھنڈی سانس کھینچتے بولی،" اچھا، چھوڑ ان بیکار کی باتوں کو اب اپنی کہہ، ضمیر میاں کیسے ہیں؟" آپا نے نسیمہ کو پرانی باتوں سے کھینچتے ہوئے کہا۔

اب تک کمرے میں اندھیرا ہو گیا تھا، باتوں میں کچھ پتہ نہیں چلا۔ آپا نے اٹھ کر کھٹ سے ٹیوب لائٹ جلا دی۔ جھک! تیز روشنی میں ایک دوسرے کو دیکھ کر وہ دونوں چونک پڑی، جیسے آنکھیں چکا چوند ہو گئی ہوں۔ کمرے میں کچھ لڑکیاں نہاری سجا رہی تھیں۔ دری پر ابلی سویوں سے بھرے بڑے بڑے شین رکھے ہوئے تھے۔ انہیں پان کے پتے سے برابر کر لڑکیاں طرح طرح کے رنگین پھول بنا رہی تھیں۔ شعر لکھ رہی تھیں۔ ہر لڑکی ایک ایک شین پر اپنا ہنر انڈیل رہی تھی۔ ابھرتی ہوئی عمر کا شور کمرے میں بھرا تھا۔ آپس میں ہنسی مذاق بھی چل رہا تھا۔ نسیمہ ایک طرف بیٹھ گئی اور دھیان سے اس کے ہنر کو تعریفی نظروں سے دیکھنے لگی۔" آپ پان کی گلوری میں چاندی کے ورق لگا دیجئے نا"، ایک لڑکی نے جو خود دولہے کے نئے سوٹ میں عطر لگا رہی تھی نسیمہ کو بیکار بیٹھے دیکھ کام سونپا۔ تبھی آپا کمرے میں آئیں،" نسیمہ تجھے بھی نہاری میں جانا ہے، جلدی سے تیار ہو یا بس، بینڈ والے آرہے ہیں، عورتیں کاروں میں جائیں گی۔" آپا نہاری

میں ان لڑکیوں کو جانے دو، وہاں میں جا کر بور ہو جاؤں گی۔ "کیوں، تو کیا بوڑھی ہو گئی؟" پر شادی شدہ تو ہوں!"

"اوفوہ! اب نخرے نہ دکھا۔ چل، دولہے کو ہی دیکھ آنا۔" داماد دکھانے کو بڑی بے چین ہو آپا؟ بھئی اتنی بے تابی تو ہم نے اپنے دولہے بھائی کو بھی دیکھنے میں نہیں کی۔" نسیمہ نے شرارت سے کہا، "بڑی نٹ کھٹ ہے"، آپا جھینپ گئی۔ "تم نے اپنے پاندان کا وہ مشہور پان اپنے ہاتھوں ابھی تک مجھے نہیں کھلایا جس کے لئے احسان بھائی دیوانے ---" آپا نے مکمل جملے بولنے کے پہلے ہی نسیمہ کو جلدی سے وہاں سے اٹھا دیا۔ نسیمہ نے اپنے آپ کو اس کمرے سے باہر جانے کے لئے ہی یہ بہانہ تلاش کیا تھا، کیونکہ نسیمہ نے محسوس کر لیا تھا کہ اس کے آنے سے آپس میں ٹھٹھولی کرتی شوخ لڑکیاں اچانک چپ ہو گئی تھیں۔ آپا کے کمرے میں آ کر گدے دار تخت پر نسیمہ لیٹ سی گئی۔ آپا نے پاندان کھینچا، ادھر وہ پان زیادہ کھانے لگی تھیں، ساتھ میں تمباکو بھی۔

"تم نے یہ شادی اپنی پسند سے طے کی یا رنّو کی پسند سے؟"

"رنّو کی پسند ہے۔ دونوں ایک دوسرے کو پسند کرتے ہیں۔ اب یہ پہلے سا وقت تو رہا نہیں نسیمہ، جب پیار کو گھر والوں سے چھپا کر کرنا پڑتا تھا، زبان سے نکلتا تک نہیں تھا کہ ہم فلاں سے پیار کرتے ہیں۔ جہاں ماں باپ نے رشتہ طے کر دیا، بس وہیں چلے آئے۔" آپا نے پان کی گلوری نسیمہ کو دی اور خود بھی ایک منہ میں رکھ کر بولیں، "وقت بدل گیا ہے نسیمہ، اس کے ساتھ ساتھ سب بدل گیا ہے۔"

"تمہیں پرانی باتیں یاد ہیں آپا؟" نسیمہ نے پوچھا۔

"سب یاد ہے نسیمہ، پر اب وہ کچی عمر بھی تو نہیں رہی۔ اب تو گھر کے فضیحتے ٹھکانے لگاتے ہی وقت نکل جاتا ہے۔ پرانی یادوں کے لیے کسے فرصت ہے؟" آپا نے ٹھنڈی

سانس لی، "رنّو کی شادی کے بعد تو اب مجھ پر اور بھی ذمے داریاں ہوں گی۔ آج ساس بن رہی ہوں کل نانی بن جاؤں گی۔ بس۔ عورت انہی رشتوں کے بھنور میں ہی تو گم ہو کر رہ جاتی ہے۔۔۔ کھو جاتی ہے۔"

"ارے ہاں، میں بھی کیسی بھلکڑ ہوں" آپا تھوڑی دیر خاموش رہ کر دوبارہ بولیں، "تیرا سب سے تعارف کرایا پر حقیقی لوگوں سے ملانا ہی بھول گئی۔ دراصل وہ لوگ مووی چلے گئے تھے، تھوڑی دیر پہلے ہی آئے ہیں۔" آپا اٹھیں اور دوسرے کمرے میں چلی گئیں۔ نسیمہ حیران تھی کہ کون سے لوگوں سے ملانا آپا بھول گئی تھیں؟ تھوڑی دیر میں لوٹی تو ان کے ساتھ تین جوان لڑکے تھے۔

"نسیمہ، پہچان تو یہ کون ہیں؟" آپا اسے اور حیران کرتی بولیں۔

نسیمہ کو پریشان دیکھ آخر آپا خود ہی بولیں، "جانتی ہے رفیق، شفیق اور یہ چھوٹا منو ہے، پہچانا؟" نسیمہ کو جیسے کرنٹ چھو گیا۔ آنکھیں ڈبڈبا گئیں۔ سچ یہی اونچی اونچی جوان چہرے کیا برسوں پہلے کے رفیق، شفیق اور منو ہیں؟ پھٹے چیتھڑے پہنے، دو وقت کے کھانے کو ترستے کیا وہی ہیں یہ؟

"رفیق، تجھے تو شاید نسیمہ کی یادداشت ہو گی۔ تو ہمیشہ نسیمہ کے ساتھ کریلے توڑنے جاتا تھا نہ؟" آپا نے رفیق سے کہا۔ رفیق نے ہاں میں سر ہلایا اور نسیمہ کے پاس چلا آیا، شفیق کو بھی تھوڑی یاد تھی۔ نسیمہ کے خوشی اور درد کے مارے آنسو نکل پڑے۔" جانتی ہے نسیمہ، رفیق نے جگدل پور میں بہت بڑی درزی کی دکان کھول لی ہے۔ کئی نوکر رکھ لیے ہیں۔ دس پندرہ مشینیں ہیں اس کی دکان پر۔ سب سے بڑی دکان ہے جگدل پور میں اس کی۔" "سچ" اور نسیمہ نے پیار سے تینوں کو سمیٹ لیا، "اور رابعہ خالہ کہاں ہے آپا آج کل؟"

" اوہ! اور رابعہ خالہ اب اس دنیا میں کہاں ہے نسیمہ ؟ نانی کے مرنے کے بعد تھوڑے ہی دنوں میں رابعہ خالہ کو ٹائفائڈ ہو گیا تھا۔ بعد میں وہ سنبھل نہ پائی، ان کے دونوں پیر بے کار ہو گئے تھے۔ گھسیٹ گھسیٹ کر چلتی تھی۔ ایک بار میں ملنے جگدل پور گئی تھی تو مجھے دیکھ کر رونے لگیں۔ کہتی تھیں گناہوں کی سزا خدا نے مجھے دی ہے ربو۔ پر وہ گناہ کیا میں نے اکیلے، اپنے لئے کئے تھے ؟"

"سچ ہے آپا، رابعہ خالہ نے جو بھی گناہ کئے ان میں ہم سب شامل تھے۔ ہم سب کے لئے کئے تھے انہوں نے۔ "گناہ"، نسیمہ نے کہا، " آج میں سوچتی ہوں آپا، تو بڑا عجیب سا لگتا ہے کیا ان دنوں بکھرے چھدرے لوگ ہی نانی کے گھر پناہ تلاش کرنے آ جاتے تھے ؟ نانی کے اس پرانے، غریب سے گھر میں کتنی مجبور زندگیاں سانس لے رہی تھیں۔ اپنے میں دوسروں کی تاریخ کو سمیٹ کر حفاظت کرتی تھیں نانی۔" اس شام اکٹھے بیٹھے کتنی کتنی یادوں کو ساتھ جی لیا تھا سب نے۔ کتنے گزرے ہوئے زخموں کو سہلایا تھا۔ رنّو کی شادی میں کب کے بچھڑے ہوئے لوگ پھر ایک بار آ ملے تھے، پر اب سب کچھ کتنا بدل گیا تھا۔ کتنا عجیب ہے انسان وہیں رہتے ہیں، پر یادوں پر زندگی کے پہرے لگ جاتے ہیں اور زندگی اپنے طریقے سے انسان کو کہاں سے کہاں دھکیل دیتی ہے۔ رنّو، آپا، نسیمہ، رفیق، شفیق اور منوسب نے اپنے اپنے طریقے سے یاد کیا تھا گزرے ہوئے کل کو۔ سب اکٹھے ایک چھت کے نیچے رہ چکے تھے، پر آج اتنے برسوں بعد کتنا اجنبی پن محسوس ہو رہا تھا۔ باہر منڈپ میں جہیز سجا ہوا تھا۔ نیلے چوڑیدار پاجامے والا سوٹ پہنے ایک لڑکی کاغذ پین لئے فہرست بنا رہی تھی۔ گھر کی دو تین نوکرانیاں جہیز کے آس پاس کھڑی پہرہ دے رہی تھیں۔

ریشم، زری، مخمل کی چمک دمک لئے دلہن کے جوڑے سجے تھے۔ شاندار چمکتا نیا

پلنگ، چارپائی پر خوبصورت مخمل کا بستر اور رنگین گوٹے ٹنکی مسہری، مہین چنٹوں سے بھری دلائی، جھل جھل چمکتے سٹیل اور کانچ کے ڈنر سیٹ، ٹی سیٹ اور دیگر سامان کا انبار تھا، نئی پولستانی کی سوندھی مہک لئے فرنیچر تھا۔

جلوے کی رسم ابھی ابھی ہوئی تھی۔ دولہا دلہن کو نئے بیڈ پر بٹھایا گیا تھا۔ اس لیے چادر کسمسا سی گئی تھی۔ دلہن اور دولہے کے سہرے کے تازہ پھول کہیں کہیں ٹپک گئے تھے، اور اپنے ہونے کا احساس دلا رہے تھے۔ اندر کمرے میں ابھی پھر رسم چل رہی تھی۔ دودھ اور سویاں دونوں کو کھلائی جا رہا تھا۔ نئی نئی مہندی کی خوشبو سے بسے ہاتھوں سے دلہن کو دلہا کو سویاں کھلانی تھیں اور دلہن کی انگلیوں کو کاٹتے چھینتے ہوئے دولہے کو لوٹ کر کھانا تھا۔ اس رسم میں دلہن کا ساتھ اس کی بہنیں یا چچیاں دیتی ہیں، وہی دلہن کے ہاتھ کو پکڑے رہتی ہیں۔ جب دولہے میاں کھانے پر جھپٹتے ہیں، جھٹ دلہن کا ہاتھ پیچھے کھینچ لیا جاتا ہے۔ اسی طرح چھکا چھکا کر دولہے کو پانچ یا سات نوالے کھلائے جاتے ہیں۔ دولہے کی انگنز کے وقت تو بس دولہے کے ہر نوالے کو اس کے ہونٹوں تک لے جانا ہوتا ہے۔

یہ رسم نئی عمر کی لڑکیوں کے لئے بڑی ہی عجیب ہوتی ہے۔ وہی دلہا دلہن کو گھیرے شور کرتی کھڑی رہتی ہیں۔ چست پنڈلیوں پر کیسے رنگ برنگے پاجامے، مہین چنٹوں اور زری کی گوٹ سے سجے غرارے شرارے۔ پیازی، نیلے سرخ، گلابی، جامنی شفن اور ٹیرلین کی اوڑھنیاں جن پر مقیش، سلمیٰ ستارے اور زری کی خوبصورت لیس سے ٹکے، عطر میں بسائے گئے دوپٹے، جوان جسم اور جوان دکھائی دے رہے تھے۔ طرح طرح کے زیور گلبدن، چمپاولی، ویجنتی مالا اور ہار، نیکلس، چین۔ اور نہ جانے کیا کیا زیوروں کی چمک تھی۔ چوڑیوں اور کنگن کی آواز الگ پہچانی جا سکتی تھی۔ مسکراہٹیں اور قہقہے گھر کی

دیواروں تک کو لرزا رہے تھے۔

نسیمہ دن بھر صرف کام کی دیکھ بھال میں چہل قدمی کرتی ہوئی ہی کافی تھک گئی تھی۔ چہرہ تھکان کی وجہ سے اداس اداس لگ رہا تھا۔ جی چاہ رہا تھا کب یہ ہنگامہ ختم ہو اور اپنے کمرے میں جا کر بیٹھ جی بھر کر باتیں کر لیں لیکن ابھی کہاں فرصت ہونے والی تھی، ابھی تو نو بج رہے تھے اور الوداعی ہوتے ہوتے ایک بجنے والا تھا۔ باہر مردانے میں ڈنر چل رہا تھا۔ بریانی، قورما مرغ مسلم، سیخ کباب، قلیہ، دہی کا رائتہ، ورقی پراٹھے، شاہی ٹکڑے، آلو کا حلوہ اور نہ جانے کیا کیا، ایک سے ایک کھانے کی خوشبو سے سارا آس پاس کا ماحول مہک رہا تھا۔ ڈرم کے پاس اپنے چکنے چکنے ہاتھ دھوتی اور ٹاول سے پونچھتے ہوئے لوگ دکھائی دے رہے تھے۔ کمروں اور منڈپ میں عورتیں ہی عورتیں بھری تھیں۔ بچے منہ میں پان کے بیڑے ٹھونسے، بیچ بیچ میں گھوم رہے تھے، آج انہیں نہ کوئی روکنے والا تھا نہ ٹوکنے والا، آج تو انہی کا راج تھا۔ پھولوں کی کیاریوں کو ہاتھ دھو دھو اجڈ قسم کے مہمانوں نے خراب کر دیا تھا، شادی کے گھر سے مہکتے پھولوں کی خوشبو، ایک سے ایک عمدہ کھانوں کی خوشبو، نئی نئی ساڑیوں کی بو، طرح طرح کے سینٹ عطر، میٹھے پان، جوان اور بوڑھے جسموں کی پسینے کی بو کا بوجھ اٹھائے ہوا دھیرے دھیرے رنگین جھنڈیوں کو چھو چھو کر شیطانی سے بھاگ رہی تھی۔

رنّو کو پرانی اور بوڑھی عورتوں نے رلا رلا کر کافی ہلکان کر دیا تھا۔ فرش پر قالین بچھا تھا، جس پر دولہا دلہن کو بٹھایا گیا تھا۔ ایک کٹوری میں صندل رکھا تھا اور ایک بڑی سی سٹیل کی تھالی میں روپے بڑھتے جا رہے تھے۔ جو بھی عورت صندل لگانے آتی رنّو کے گلے میں ہاتھ ڈال کر رونے لگتی۔ نسیمہ کی خواہش ہو رہی تھی کہ ایک ایک کو ڈانٹ کر بھگا دے، پر ہمت نہیں ہوئی۔ دولہے میاں منہ پر رومال رکھے کافی بے چین سے ہو رہے

تھے، شاید رنّو کی حالت ان سے بھی دیکھی نہیں جا رہی تھی۔ اشفاق بھائی یعنی رنّو کے ابا اور آپا کے شوہر آئے اور بیٹی کا ہاتھ اپنے سمدھی کے ہاتھ میں سونپنے لگے تب تو ماحول اور رنجیدہ ہو اٹھا، عورتیں اونچی آواز میں رونے لگیں۔ کافی دیر تک یہ رسم چلی، یعنی پہلے اشفاق بھائی نے بیٹی سونپی پھر آپا نے روتے ہوئے اپنی سمدھن کو بیٹی سونپی۔ کافی دیر بعد جب ماحول کا گھٹا گھٹا پن ختم ہوا اور رنّو کی ساس تھالی میں پڑے روپیوں کو گننے لگی تب رنّو نے نسیمہ کی طرف منہ کیا، "آنٹی مجھے باتھ روم لے چلو۔" نسیمہ نے کھڑے ہو کر دھیرے سے اسے سہارا دے کر کھڑا کیا۔ اس لال گوٹے اور سلمی ستاروں کی گنگا جمنا سے جھلملاتے مہجر کو چاروں طرف سے سمیٹ کر اس کے ہاتھ میں پکڑا دیا، اور اس کے فرشی غرارے کو تھوڑا اوپر اٹھا کر مہندی سجے پیروں میں لال مخمل کی زردار موتی ٹکی جوتیاں پہنا دیں۔

باتھ روم کے پاس آ کر رنّو نے جلدی سے مہجر نکال دیا، وہ بہت بے چین سی لگ رہی تھی۔ " آنٹی اندر آ کر دروازہ لگا لو۔" نسیمہ نے اندر سے باتھ روم کا دروازہ لگا لیا۔ رنّو جلدی سے نیچے بیٹھ کر قے کرنے لگی۔ نسیمہ حیرت میں بھری جلدی سے مہجر کو اسٹینڈ پر رکھ اس کی طرف بڑھی۔ رنّو ایک ہاتھ سے نسیمہ کو پکڑے، بہت بے چین ہو کر قے کرنے لگی۔ نسیمہ اس کی پیٹھ سہلاتی رہی۔ تھوڑی دیر بعد نڈھال سی اٹھی اور نسیمہ کے کندھے پر آ گری۔ نسیمہ ہڑبڑا کر اس کے بھاری جسم کو سنبھالے رہی۔ زخمی رنّو کو جب نسیمہ نے بڑی ہی مشکل سے لا کر چارپائی پر لٹایا تو کمرے میں کوئی نہیں تھا، سب باہر منڈپ میں تھے۔ نسیمہ نے من ہی من خدا کا شکریہ ادا کیا۔ نسیمہ نے فین فل سپیڈ میں کھول دیا۔ لال گوٹے ٹکے ریشمی جوڑے میں اور جڑاؤ زیور، ناک میں بڑی سی سرجے کی نتھ پہنے رنّو پری لگ رہی تھی۔

"کیا ہوا، اتنی دیر کیسے لگادی؟" آپا اسی طرف لپک کر آتی ہوئی بولیں۔ "آپا، اسے غش آگیا ہے، تھوڑا سنبھل جانے دو۔" آپا کے چہرے پر کئی رنگ آئے، کئی رنگ گئے، پھر وہ نسیمہ کے قریب آگئی اور اس کا ہاتھ دباتے ہوئے بولی، "نسو اسے دن چڑھے ہیں، دونوں بالکل کھل کر ساتھ رہتے تھے۔ میری ہی ضد پر یہ شادی جلدی ہو رہی ہے، ورنہ، یہ دونوں کو تو کوئی فکر نہیں تھی، کیا زمانہ آگیا ہے!۔۔۔" آپا نے بہت دنوں بعد نسیمہ کو اپنے اسی پرانے نام سے پکارا تھا جو بہت پہلے، جب آپا کنواری تھیں تب پکارتی تھیں۔ رنّو کی اس حالت کی معلومات سے نسیمہ کو کچھ کھروچ گیا۔ کچھ ادھڑ سا گیا، اور جانے کیوں پرانی باتیں ایک ایک کر اسے یاد آنے لگی تھیں۔

***

سید اسد علی کی تازہ کہانیوں کا مجموعہ

نیند اور دیگر کہانیاں

مصنف: سید اسد علی

بین الاقوامی ایڈیشن منظر عام پر جلد آرہا ہے